春ん月

加藤道子

深夜叢書社

I　春ん月

II　わが町小坪

III

紫陽花忌

カバー装画――岩崎灌園『本草図譜』より
（国立国会図書館蔵）
装丁――髙林昭太

春ん月

加藤道子

I

春ん月

春ん月

春ん月　この川を遡れば
須佐之男命の　磐座か
四月十日の祭りの笛を
吹いているのは
傘屋の市ちゃん
川っぷちの満開の桜がざわざわ

そうだ
ここは春の祭りのお旅所
塗りの　三段重

鰤の真子の煮付け　卵焼き
竹の子と椎茸の押し寿司
地酒「銀蝶」を酌み交わし
大人も子供も
庄内神楽をたのしむ

高鳴る太鼓に
くねくねとトグロを巻いて
やまたのおろち
大蛇は赤い舌でチラチラ舐める
泣いている櫛稲田姫
大蛇の口が火を噴く
トグロを巻いたり伸ばしたり
須佐之男の太刀が　一刀両断

大蛇の頭をかかげる
鈴をふりふり歓喜の翁嫗

四月十日の祭りが終わる
お旅所はひっそりと
町の外れの川っぷちに閉ざす

ほいとの親子が棲みついた

＊ほいと・乞食

十七夜観音祭り

町一番の頑固者と評判の父
遠くなった耳でアナウンサーの質問に
とんちんかんな聞き違え
緊張の庄内弁でとつとつ
「十七夜観音祭り」を語る
小野正一ラジオ放送のテープ

「小野屋という優しい町を通り
天神山の木賃宿に泊まる
をなご屋のをなごさんが

托鉢に一銭銅貨入れて呉れた」
と　山頭火さんは書き残した

工事半ばの大分から湯平までの
大湯線の終点
近郷の文化物資の集散地
鮎に鰻に鮒　どんこ
文人墨客食べに来た
店より洩れる
三味のさんざめき

むかしむかしのまた昔
殿上渕は深い渕
川を渡るに橋もなく
飛び石伝いに村の衆

渕の主という四畳敷きの大亀は
飛び石に化け背中をわたる
人間をぱくりぱくりと飲み込んだ
難儀を聞いたお殿様
堰を造って川水を
底の底まで干しました

亀の悪さは止みました
大喜びの村人は
観音像をお祀りし
お施餓鬼をして回向した
毎年旧盆の十七日
観音祭りは始まった

見立て細工や盆踊り

素人歌舞伎やのど自慢
猪六伯父さんプロデューサー
花火も揚げて賑やかに
田舎祭りを盛り上げた

高台に新しい国道が出来
車は町を素通りし
鮎もどんこも逃げた
今は寂れた川の町

父の庄内弁に佇ち顕れた
大分郡庄内町小野屋という小さい町

＊町内合併で今は大分県由布市庄内町小野屋と変更

七夕まつり

川に寄り添うた一筋の田舎町
かわたれの畑の芋の露
硯の海にコロンと落として
墨を磨るのは政平おじいさん
カイゼル髭をたくわえて
紙縒りを撚るのはきぬえおばあさん
朝日という紙タバコをご愛用
五色の短冊にみんなで書いた
彦星様　織姫様　天の川　習字　お裁縫

七夕の朝　父と母は忙しい
墓を掃除してご先祖様をお迎えする
盆道を綺麗にするのが　この町の　ならわし

笹竹を立てて七夕飾りを吊す
お隣さんもお向かいさんも
金物屋の照ちゃんの家は　釘樽の釘を包む
赤いセロハンで今年もきっと豪華な飾り網

箱庭の箱に新しい砂　苔を敷いて山と川
ミニチュアの家を並べ橋には釣り人も
ジオラマの街が出来上がる

七月七日の宵　笹飾りのアーチが揺れ

軒下の箱庭には線香と蠟燭が点る
浴衣の長い袂を翻して　さあ
手作りの七夕まつり見物へ

軍靴の音がザックザックと
近づいて来るのを　少女はまだしらない

いまはセピア色の昭和

八月

八月は私の螺子を巻き直す月
中国では汚れた空を一日だけ
青空にして戦勝祝いをした

ポツダム宣言を知りつつ参戦したソ連
ツンドラの荒野に　多くの日本兵を
一切れの黒パンと一碗の塩汁で
使役に鞭打つ
引き揚げ船までもたどり着けず
大陸の野末に散った母や幼子

北の島々を故郷と恋うる人々の
望郷のこころ
A面もB面も
戦とはかくも不条理なもの

天皇陛下の御ために
死ねと教えた父母の――
国民学校の幼な達が歌う

工場に農村に
モンペの少女らは懸命だった
初潮を見たのはこの頃
檻褸布　檻褸棉
冷たい井戸水で溶いた砂糖水に
喉をならしてよろこぶ

焼夷弾　グラマンの機銃掃射から
逃げまわった麦畑のあの麦の穂

傘寿を過ぎた　今ふりかえるとき
こんなにも貧しいこんなにも怖い私のセイシュン
不思議なことになぜかいとおしい

衣川幻想

母の生家安倍本家の仏壇には
普門寺殿崇蓮華光大禅定門
裏面　保延六庚申歳八月十四日
裏に安倍三郎太夫藤原実任
なんとも風変わりな荒唐無稽な戒名の位牌

八幡太郎義家は　安倍の貞任追い詰めて
「衣のたてはほころびにけり」と詠みかけた
貞任すかさず「年をへし糸の乱れのくるしさに」
義家つがえた矢をはずす

さばかりの戦のなかにもやさしけることかな

北の大地のたたかいは、蝦夷の長の阿弖流為より
前九年　後三年の役までの長い長い　いくさです
柵の月　我が祖俘囚の民ならん
援軍は銀の芒ぞ衣川　太刀振りかざし血みどろの
後三年の大いくさ　俘囚の長の安倍一族
兄貞任は戦死して、弟宗任ら捕らえられる
京より流刑の大宰府に　あらぶる丈夫は送られた

安倍の女は強かった
息子藤原清衛を母は守る　女は戦の道具として
敵将の清原氏と安倍の女は再婚させられた
捨て身で守った母ゆえに　ここに藤原三代の
平泉文化の礎が　仏の里　現世の浄土が現われた

大分川の上流を山坂越えて七曲
落人の裔が棲みそうな熊群山の岨の地に
鹿倉という部落　鹿倉は　かくろうに通じ
隠れるの意味もつ上代語と言う

流人の裔の伝説は幼い私の子守唄　衣川への幻想曲
秘仏人肌観音に　母の面影

父の憧れ　矢田宏

生前父は
大叔父にあたる宏叔父さんが大好きだった
宏叔父さんの事を幼い私に
憧れの口調で語る
父の祖父の嫁になった
チエ婆さんは宏の妹
一緒に風呂に入る宏叔父さんの身体には
三十数箇所の刀傷と弾丸のひきつり痕
矢田家は代々漢学と医学を修め

宏は弘化元年九月十日
速見郡別府村石垣に生まれ矢田家十一代
安政七年十六歳で日田咸宜園に入門
広瀬青村に師事毛利空桑にも従学
剣を学び居合切りの名人だった

生まれつき剛胆で器量　節義に富み
勤皇の志を抱く長三州*とも親交篤く
父淳の法事の折家族の忙に乗じ
一通の遺書を妹チエに託し失踪
ゆえに矢田家の家系図より分籍される

一番の仲良し妹チエは父の祖父へ嫁し
小野チエとなり十二人の子をなした
本家油屋にでんと構え親戚中に

一目置かれていたのを私も知っている

明治十年三月
征韓論に敗れた西郷は下野した
西郷を突き上げ若き鹿児島の士族の反乱を
西南戦争と呼ぶ
難攻不落の熊本城を新兵器で守る官軍
攻めあぐねた西郷軍応援のため中津隊
五十余人に別府大分在郷の同志も加わり蜂起
一行は妹チエの住む小野屋に向かい
兵糧を整えて熊本に入る予定が
官軍の進撃を知り湯布院湯平を経て熊本へ

世に伝い唄にも伝う田原坂の決戦へと向かう
雨は血の雨涙雨　長雨と戦砲に撃たれ

無窮の恨みを抱きつつ八月十七日
負けた西郷軍は熊本を徹退
可愛嶽の重囲を突破宮崎の底川で
追っ手の官軍と大決戦となる

中津隊
貴島・矢田・柏木・大江・山尾・須田らは
一塊となり斬り込んだ官軍営内のかがり火
諸肌脱ぎの矢田の身体は三十数箇所の古傷に
返り血がかがり火に照り映え真紅の亀裂
それはそれはの凄まじさ
穀物蔵の窓より数発の銃声矢田の指が二本
ちぎれて飛んだ
次の砲弾は命中し宏は壕の中へ
ゆっくり崩れ落ちる

遂に官軍に降る身となり官軍臨時病院へ

九月二十四日城山は陥落して西郷自刃
明治維新の立役者大西郷は露と消えた
矢田たちは国事犯とて捕らえられ
長崎臨時裁判所で懲役二年の判決
唐丸籠に押し込められ東京へ
妹チエは街道まで出向き
唐丸籠の兄と毅然とした対面の様子は
今も県史に伝えられる

　二年後宏は釈放され漢学の素養を買われて
　教育関係の仕事に着き明治政府に貢献した

幼いながら曾孫の私もチエ婆は覚えている

動乱のご維新を
兄を愛し理解して共に駆け抜け
矍鑠きぜんのチエ刀自と
父が畏敬した大叔父の話
熱き剣豪矢田宏のこと

＊高杉晋作の騎兵隊の中隊長
平成三十年八月十五日終戦の日に

別府市石垣の矢田様には西南戦争の事、詳細に書かれた冊子をお届け戴き有難うございました

地震の爪痕

平成三十年十一月のはじめ
五年ぶりの大分へ帰郷した
一番の目的は歳の近かった
叔母の五年祭　叔母の婚家は
宇佐神宮の氏子で新道

着ぶくれて白石より来た叔母の次女
西伊豆に住むしっかり者の長女
羽田で待ち合わせして大分へ

五年祭の前日は各々別に行動
亡き夫と私の実家の在った
大分川の中流の川沿いの町へ
かって近在近郷の物資の集散地
駅付近には米積み出しの倉庫群

駅頭の種田山頭火の碑には
「小野屋という優しい町を過ぎ
天神山の木賃宿に泊まる」　と
昔栄えた歴史ある町
七夕祭り　十七夜観音祭りで
賑わった町は

平成の熊本大分地方の地震の爪痕で
ゴーストタウン化していた

この地方の商業を支えた
大分銀行小野屋支店の
閉店のポスターが風にはためく
町は新しい国道の高台へ
駅は無人駅となり
倉庫群は潰されて
一面コンクリート

大分川に架かるかじか橋に立つ
この町の発展に努力した
父や猪六伯父さんは
雲の上から見ているか
この変った町の様相を
川幅は広がり　深渕は浅く
ゴロゴロ石のせせらぎに

鰍の鳴く　蛍川　鰻や鮒の美味い
わたしの故郷はどこへ
不覚にも瞼が熱くなる

ひとり墓掃除に行く
行合の空は鰯雲

春の豊後路へ

関門海峡を列車が抜けると　山の景色が変わる
ああ九州の山　生国九州の山々だ
霧に濡れているような　ビロードのような
低くも高くもなく連なる山のシルエット
影絵の如く美しい山嶺

初めての九州　ばあちゃんの生国
尚太郎は道中スマホに余念ない
あれは周防灘　山国川に　駅館川
中津は福沢諭吉の生地です

宇佐八幡は八幡様の御宗家で……
ばあちゃん　すこし黙っていて
全部スマホで見てるから

湯煙の別府八湯花の冷え
由布鶴見の山を背に　湯煙も街並みも
別府湾へと雪崩込む　立つ湯煙は幾百筋
ほかでは見られぬ景色です　行って見てきた
ナポリより　美しいのが自慢です
高崎山には猿もいる

ちちははは逝き　跡形もない家屋敷
孫と私を待ってくれたのは
姉妹のような従姉妹たち
味噌汁は節子に限るイリコ出汁

春椎茸のステーキはお化けのように大きいよ
語尾畳み込むナ　ナ　ナの大分弁
鶏のてんぷら食べてみて

臼杵に河豚を食べに行く　臼杵の町は城下町
宗麟遺産のセミナリオ　石仏群は国宝の
大日如来を中心に仏の里は鎮もりて
河口に並ぶ醤油蔵　　野上弥生子の生家です
肝も白子も喰い尽し　河豚のひれ酒に酔う

春宵の橋本屋　お一人まえ二万円

墓仕舞

読経に合わせるかに鶯の遠音
蚊取り線香の灰がぽとりと落ちるのが
潤んだ目に滲む

井戸塀しか残さなかった父は
ご先祖の個人墓を纏めて
やけに立派な累代墓を残した
熊本・大分の地震では墓石が転げ落ちて
修理を済ませたばかり

一月に乳がんを患った　幸いステージⅡ
三日の入院手術は成功
不安になった妹が大分の墓の相談に来た
男の兄弟は無く妹とは母が違う
父と　母の墓は多摩丘陵の多摩湖の辺り
妹の家の近くに生前造った。

父は人の為　町の為には骨身惜しまず動くが
家の事はあまり顧みなかった
田舎政治家　政治狂いの一生

敬虔な真宗の門徒であり
天照大神　太陽信仰の単純明快剛直な人柄
寺の檀家総代で寺の経済的援助の先頭に立った
祖父の忌日毎月十九日には御院家がいらして

経とご法話を聴かされて私は育った

令和元年六月二十二日墓じまい
私に妹　息子に嫁
大分に住む従兄弟　従姉妹たちも参列して
菩提寺の和尚の朗々の読経
ご先祖様のお骨は　まとめて墓所の地中へ埋め
墓石は粉砕して砂利に化して撒いた
墓仕舞のセレモニーは無事に終わる

これが私の最後の大仕事

II

わが町小坪

ちゃっきらこ

ちゃっきらこ　岬の道を神通う
漁師のあがめる御座の石
トコブシは明神様の星見だよ
ととはキンメにカサゴ　キントキ
神に献ずる懸けの魚
エンヤノエンヤ　オンバラバー

鎌倉の長者の娘神隠し
竜宮様に攫われる
娘探しに馬が来た　ここは三崎の花暮海岸

出会った亀に馬が聞く
竜宮城はどのあたり
遠い遠い海の底　お前なんかに行けないと
馬は哀しみ身を投げた　馬の磯
エンヤノエンヤ　オンバラバー

傷心の北原白秋船で来た
三崎の風土に癒される
荒くて素朴な漁師たち
三浦大根尻まで旨い　足を大地に屁ひり坂

ちゃっきらこ
踊り子みんな女の子
まだ肩上げの四つ身着て
白い扇子と綾竹を

ちゃっきらこと鳴らしつつ
豊作豊漁祈ります
女正月十五日　三崎の町を練り歩く
海南神社へ練り歩く
エンヤノヤ　エンヤノヤ

春昼

久野谷太鼓がどんどこどん
田越の村から橿原
郷は祭りかどんどこどん
石段登れば岩殿寺坂東二番の札所にて
観音堂より眺むれば遠く広がる相模灘
六代御前の御塚も神武寺までも見渡して
吾妻鏡に記された七堂伽藍の大寺と

逗子に隠棲の鏡花先生
観音信仰厚くして

岩殿寺の観音堂　足もしげくに通います
仲良くなった寺僧がある日話した妖しい話

寺に寄留の青年が名主の新造に懸想した
夢か現か幻想かはた現世の区別なく
百夜かよって憧れた

岩殿寺より程近き三浦へ通う切通し
武士の戦の跡か血の痕か　まんだら堂のやぐら穴
二つ三つの彼岸花五輪の塚に夢をみる

青年の想い新造に通じたか
白昼夢にまぐわいて　男の骨をとろとろに
鏡花の筆は蛇のごと己が分身の青年の
躰メラメラ舐め這わす

磯の岩場に青年は
骸になって横たわる
春昼の潮風は
骸となった青年へ
そよそよと吹いていた

＊泉鏡花文学全集　読売新聞名言巡礼参照

踊り念仏

なーあぁぁむーぅぅあみだー
光明遍照　十方世界
念仏衆生　摂取不捨

鉦はチャンチキチャンチキトントントン
白足袋跳ねてまた跳ねて
カタカタカタカタカッタカタ
太鼓に合わせ右に左に跳び跳ねる
踊り念仏　歓喜　歓喜

遊行寺さんまで三千歩歩いて　凡婦修行する
遊行寺坂はひんやりと青葉の中の大庇

時宗の開祖一遍はすべてを捨てた捨て聖
ただ念仏をとなえんと念仏遊行の旅行脚
紀州熊野の本宮に念仏信仰確立す

説教節のお芝居は小栗判官照手姫
愛しい殿御判官に　尽くした恋のすさまじさ
お念仏に守られて戸板車はきしみます
墓の回りに火が燃える　ふわふわ焔ただようて
あの世にまでもむつまじく
墓所を飾る八重桜　恋の舞台はあでやかに

揃いの小袖薄紫　襟は粋なる濃紫

遊行寺さんの袈裟掛けて
本尊様の御前に本堂四角に回ります
白足袋跳ねて又跳ねる　踊り念仏　歓喜　歓喜

境内を埋め尽くした群衆
二十一世紀も十七年目
カシャリカシャリとスマホのシャッター音

六代御前

かって別当寺と呼ばれた逗子桜山の神武寺
夏の青い風に乗って平曲の琵琶の音が流れてくる
七月の二十六日御最後川と言う田越川のほとりで
平氏最後の公達六代御前が斬首された日
その死を悼んで此の里人は桜山を背にした岡低く
槻の大樹も鬱蒼と茂る根方に六代の骸を埋めて供養した

四十年前終の棲家とこの湘南の逗子の地を選ぶ
家の裏にはかつて鎌倉武士の往来した名越切通しがあり
どこを掘っても源氏の所縁の土地ばかり

平氏六代御前も遠い昔のこと語り継ぐ人もなく
ただ六代の哀しみは身に入むばかり

呼び起こされる源平の乱
平氏一門西海に藻屑と消えたとき
生き残りの六代十二歳
眉目麗しき公達であったという
京大覚寺のその奥に母君と隠れ棲む
やがて北條時政に捕らえられた母と子は
駿河の千本松原に斬首されるところ
文覚上人頼朝にひたすら助命嘆願をした
文覚上人の弟子となった三位禅師妙覚は
救われた命を仏道三昧の日々を送りつつ十五年
正治元年（一一九九）頼朝落馬で突然死

鹿ヶ谷の謀議が密告され文覚上人鬼界ヶ島に流罪
妙覚こと六代御前も召し捕られ鎌倉幕府に送られた

田越川は御最後川とも呼ぶ、沼間の山間を流れる時は矢の根川、
桜山隧道辺りは清水川　新宿あたりから田越川（多古江川）と呼ばれ
たとあり、川と呼ぶには余りにも小さい流れの名が　こんなに変る
のも、不思議といえば不思議

陰暦七月二十六日川岸の蘆を靡かせて風が蕭蕭と渡る
平曲の琵琶が流れる　生者必滅会者定離

（平　正盛―忠盛―清盛―重盛―維盛―六代御前）

わが町小坪

縁あって逗子のはずれの
小坪亀ヶ丘が終のすみかとなる
山の南面を造成した小さな団地
古都鎌倉へ地続きのおとなり
裏山は鎌倉武士が三浦に通った名越切通し
オールテリトリーの三浦半島の付け根に
この半世紀を穏やかに棲む

長女は高校二年　長男は中学一年のとき
この地に越して　成人し巣立って行った

鷺の裏と呼ばれていた美しい海岸は
すでに埋め立てられて椰子の並木の
南欧風のリゾートマンション群に
自死を選んだノーベル賞作家も住みました

むかし源頼朝の側室　亀の前を匿った
小坂太郎光頼の屋敷の在ったらしく
いまは小坂天王社という小さい祠が残る
伊勢町と言う昔からの集落は
遠く伊勢より船で漂流住み着いた漁夫
七里ヶ浜哀歌に歌われる十二名の少年の
亡き骸が安置された小坪寺

マンション群をそびらに若布を干す綱が
寒風に揺れる　小坪の冬の風物詩

海からあがったばかりのシラスをゆでる小屋
威勢のいいおばちゃんが高飛車に売る魚市場
海に突き出たガラスのマリーナ結婚式場
富士江ノ島の景色一望の有名シェフのイタリアン
対岸の葉山の日影茶屋では
「亀の前」という銘酒が酌める

今と昔の共存する面白くて
雑多なわが町　小坪

ハゲ山

ハゲ山の草の芽が
五センチほど伸びたころ
さきっぽにコロリと光る朝露
神様が降ろした草の露
豪華な朝露のシンフォニー

鎌倉方向丹沢山塊の尽きる際に
すっくと雪の富士が立つ
小坪の潮が膨らむ
ハゲ山より鳥瞰

腹式呼吸　腹式呼吸
春の歓びを充分に胸に

太平洋の潮風にはぐくまれ
山桜の茂みの下に　石蕗が芽吹く
頃は良しと　産毛に被われた
やわらかい石蕗を採る
ちょっとほろ苦い栄養満点の佃煮

ハゲ山には四十本の山桜
朝桜　昼桜　夕桜
暫くは山桜の虜になる

満開の花を透かして青空
気功を励むグループ

愛犬を散歩させる人
ボールを蹴る子供達
遊具もベンチもない
小坪市民の憩いの場

タク　タク　タク　栗鼠の恋歌
鶯はまだ仕上がらず練習中

あやかし

かつて避暑地避寒の地
湘南鎌倉逗子葉山
猛暑酷暑は連日で
熱くなる日本列島
白南風なんぞいつ吹いた
集中豪雨の報あちこちに
恐怖に襲われるこの夏

鎌倉駅の改札をまっすぐ
見渡すバス停で

逗子行きバスを待っている
駅前広場のアスファルト
陽炎ぐらぐら蠢いて
改札をでた何者か
笑みを浮かべて近づいた

一瞬貫く身の震い
「待たせたね」幻聴が耳元に
この声

盟友Iは今遠い故郷の町で療養中
この不思議議感　時空のゆらめき

熱中症ってこんな　症状
八十六歳の皺と斑点の二の腕が

東急ストアの重い買い物袋を
提げているのは現実

平成三十年は記録的猛暑

III

紫陽花忌

紫陽花忌

紫陽花忌って
菜の花忌にならって　勝手に作った
わたしの　紫陽花忌

すててこの物干し竿にない不思議
ホタルブクロを覗いても誰も居ない寂しさ
寡黙で不器用なじれったい男
寡黙の底に秘めたあたたかさを
理解出来たのはあのひとが逝ってから

永井龍男好きの私に
鎌倉中の古書店を漁って蒐めて呉れた
岩波の佛教辞典もいつの間にか本棚に
歴史を憧れた中国へは十回も行かせてくれた

大分川に沿う旧い街道の町　二人はそこで生まれた
八歳違いの任官少尉
新婚の地は大阪千里丘　急な雨に傘を持ち
駅まで走る　傘を受け取るや背の高い後姿は
スタスタと十歩前を振り返りもせず行く
相合傘とは言わ無いけれど
豆腐の角に頭ぶっつけて　死ね

享年八十二歳平成十七年六月二十八日
鎌倉　逗子に紫陽花の紫が濃くなる頃

寡黙のままに逝ってしまった

今年十三回忌を終えた
尚ちゃんがドイツの大学院に受かりますように
二人目のひ孫が無事生まれますように
口車に乗せられた株が上がりますように
なにかにつけ仏壇の主人に頼む私へ
煙の中から　ショワシイナアー

＊大分弁忙しいなあー・うるさいなあー

詩を吟ずる

古今東西の名詩に触れ
それを自分の声帯より
声として送り出す悦楽
腹式呼吸で二十二秒位は
息を続かせる身体にも良い

沖縄の島唄はラ抜きという
詩吟はソ抜きの陰旋律
ソの入った旋律に比べ
もの悲しく哀調を帯びる

とは言え李白の詩は陽気
杜甫は悲しく聴こえる
昔より人口に膾炙され
知れ渡っているからか

西域の血の混じる詩仙李白
科挙の試験に幾度も落ち
放浪の詩聖杜甫との
異なる人生の詩心の詠じ方
長い歳月の半世紀
わたしは詩を吟じる事の
楽しさに　のめりこんだ

中国通の中尾青宵先生とは

十回余中国の旅をした
お互い着眼点は異なるが
歴史と　まだ大気汚染のなかった
純朴な中国を愛した

板を渡したトイレも気にせず
激辛の火の鍋は勇気がなくて
食べなかったが飢えはしない

蛾眉山では酸素不足に
息も吐けず霧の中
冥界を彷徨ったが生還
麓の李白生誕の町綿陽では
エキゾチック李白の像に
謹みて「静夜思」を吟じた

長沙の愛晩亭では
杜牧の「山行」を
成都の望江楼では
薛濤の「春望と海棠渓」
今コロナ騒ぎの武漢では
長江を眼下に崔顥《さいこう》の
黄鶴楼の名詩を吟じ
喜びに心は鶴となり
中国長江の鸚鵡洲と
碧空に舞い上がる

三十五年前の私の愛した中国

お伊勢参り

神と私の結界は
幾重めぐらす板垣

五十鈴の水は清冽に
伊勢の町なかを流れて
二見ヶ浦にそそぐ　そこは禊の地
無垢塩草を懐守りに
藻塩焼く五十鈴の河口
神宮の塩焼くところ

内宮の礼して渡る太鼓橋
なんの樹か知らずも
匂う風ありがたき

豊受の大神宮は御饌《みけ》の神
千五百年余の朝な夕な
忌み火屋殿の火切の火
大神様へ食の煮炊
お厩殿のご神馬は
今日はお出ましあらずして
静かな味寝《うまい》召されしか

内宮と外宮のほかに十の宮
行く処すべて神の在り
月読宮は大神様の弟宮

古事記によれば月読と
日本書紀には月夜見と
父伊佐奈岐　母伊佐奈弥に
守られて森の奥処に眠ります

サルタヒコのカミは
容貌魁偉鼻の大きな丈夫にて
天孫降臨の衢《みち》教え
みちひらきの神様に

アメノウズメノミコは美しい女神様
胸も顕に陰もちらりと妖しげに
岩戸の前で舞いました
陰と陽との神様は縁を結びの神となる
猿田彦神社　佐瑠女神社

ご利得などは願はずに
ひたすら頭を垂れるのみ
江戸に始まる伊勢講や
物見遊山の御蔭参り
赤福　伊勢茶　てこねすし
此処より一丁　古市へ
伊勢音頭のお囃子が
精進落としの三弦が
夢の中よりさんざめく

語り部のドライバー男前
四時間コースの伊勢参り
宇治山田駅にて無事終了
ざっくざっく踏みしめた

玉砂利の感触足裏にまだ残る
われら傘寿の伊勢まいり

平成二十九年三月五日・六日
伊勢の旅

復活祭

三月下旬　孫の住むドイツへ
デュセルドルフのホテルの窓から
裸木となったプラタナスの大樹に
秋につけた鈴状の瘠果が無数に垂れる
篠懸　鈴懸　わたしの国の呼び名
道行く人々はダウンパーカーの黒一色

早春のゲルマン大地の色は黒褐色
人々が待ち待つ復活祭は　春待ち祭り
キリストの死から復活までの三日間とその前後

この復活祭を祝い修する

イースターはゲルマンの春の女神
オーストル（Ｅａｓｔｅｒ）の名の由来
孫の住むケルンは大聖堂の二本の塔が古色蒼然
としてラインの岸に聳える
ケルンの町並みはタイムスリップの中世

巡礼者　異国の旅人　若者　老人　ホームレス
キリストの復活を祈り大地に甦る春を待つ

ビロードに光る猫柳の枝に染卵を吊るす
駅の構内の通路や広場に一足早い春満載の花壇が出現
大甕にどっさり挿す　彼岸桜に似た小枝
黄水仙　パンジー　サイネリア　リリー　スキミア

天井に吊るした造花が揺れる
ウインドウには金の卵と金のチョコレートの兎がおどける

キリスト復活の日は
デパートも　スーパーも　役所も　銀行も　商店街も
静にシャッターを閉じて復活を修する
なすこともなく人々は散歩したり
ライン河の向こう岸の町へ冒険の旅をする

長い長いドイツの冬　わずかの春光を浴びながら
老夫婦が手をつないで歩く　自転車の親子が過ぎる
恋人達のベンチ　草に寝転ぶ芸術家
無音の街　寂寞の街

もし　日本にもこんな敬虔な日が有ったら……

すてきなデッキ

雨と湘南の潮風にさらされ
屋根のない半分がボロボロに
老後の二千万はどうせ貯まるまい
造り直そう
アマゾンの鉄の木と呼ぶ頑丈な木
熟練の大工さん
娘婿の力さんは設計士
二人がかりの力作

このデッキで甲羅干しをする孫は

もうすぐ夏休みでドイツから
隅のテーブルは文学の師の
喫煙コーナー
嫌煙のファシズムに抗して
悠々と煙を吐かれる八十五歳

能舞台とまがうデッキに
私の心は能を舞う
堅い木は鼓の音を返す
喫煙コーナーの奥
備え付けのベンチ椅子
今朝もカップ一杯のコーヒーと新聞
お日様の出る前の一時間

風に　花に　樹に　挨拶
デッキの朝を楽しむ
電線に一羽の山鳩が
クークーダデイ　クークーダデイと
澱んだ声で愛を叫ぶ

造り直して良かった　捨てる力は
残り少ないわたしの未来への　生きる力

カストルとボルックス

双子座の双子星
カストルとボルックスは
仲良しの異父兄弟
双子座は二つの顔を持つ
人を楽しくするユーモアと
鋭く人の心を突くクールな顔

TとMも前世は異母兄妹
満天に瞬く銀河系より
双子座流星の降りしきる夜

Tは地球の星の谷底に墜ちた
由布川渓谷へ
地球の回るまま幾光年
Mも流れ星となり地球の星へ
偶然にも近くの由布岳の麓の湖に

高校生になったTとM
大分中学と大分一高女が
戦後合併された高校二年生
ホームルームは窓際の三つ前の席
悪戯者の神様は赤い糸を繋ぐ

戦後六年　世の中はいまだ混沌
朝鮮戦争勃発
高校生の中にも体制に異を唱え

活動に投じる者もいた
なべて皆貧しかった　未来への希望も
なんとなく鬱積した　時代だった
ストレートなコースをのびのび
誰も走れなかった時代だった

Tは親戚を頼り東京の大学へ
Mは地方のドレスメーカー女学院へ

遠距離文通が始まった
恋文の束はいくつもいくつも
言葉の魔術師双子座
遠距離恋はバーチャルに膨らむ
ラブレターは切ない言葉で

綴られて　二年

もともと身体の弱かったTは
戦後の東京に蝕まれ
病気を理由に大学を中退して
ふるさとへ帰ってきた
封建色の強い田舎町
現実になれば
なんであんなにおさない恋だったか
プラトニックな恋は
自然消滅のまま

それぞれの結婚も
良き伴侶に恵まれ
六十・二年の空白の歳月

埋め火は互いの中にほんのりと
双子座の兄妹の糸は再び繫がる
双子座の恋のメルヘン

六月の雨

糸電話
震える糸はつながった
六十二年の歳を経て
電話の向こうに生きていた
逢いたいココロ　直来いと言うココロ
それ以上でもそれ以下でもない
六十二年の空白
父も母も逝き
故郷の家は跡形も無い
異郷を彷徨う旅人の

ココロは私のふるさと

六月の雨に濡れて
傘も差さずに手を振っていた
無沙汰の詫びに　澄んだ目は
うなずく
私を忘れず迎えているのに
彼の記憶は少し途切れる
トイレを借りてしばらくは泣く
涙をすばやく拭う

桑の畑の桑の実を
ぬすんで食べて叱られた
川に渡した木の橋に
すくんだ私の手を曳いた

庭にたわわの夏蜜柑
いまは甘くて酸っぱくて
膝にずしんと重い歳月

かすかな時空をつなぐ
細い糸

乳腺癌

逗子市健康寿命表　私八十七歳の評価
栄養状態　二重丸　心の健康　花丸で
お口の健康　△　運動機能も△で
脚の転倒ＳＯＳ　鶴は千年亀は万年
栄養を喰らって癌細胞は生き
三十年十一月
乳腺癌の検診で左乳房の先端に癌の疑
以前よりシコリが有るを自覚した想定内の事件です
十二月
マンモグラフイ　エコー　心電図　血液検査

骨密度　麻酔検査　造影ＭＲ乳房　全身　エト・セトラ
三十一年一月
十五日入院　十六日手術　退院十七日
ウソーと驚く友人たち　あっさり切られた
左乳房　めまぐるしい三日間

進歩した現代医学　ＡＩ機能を駆使
傷口縫合テープだけ　テープそのまま肉と化す
テープが化した傷口はこれじゃお嫁に行けないな
しょうがないなと　苦わらい

旅行　麻雀　詩　連句　リハビリ助けに　友が来る
美味しい物をお土産に　成城石井の鰻うまかった
友らが帰った台所　見慣れぬ調味料がいろいろ
作ってきたミートソースに足した味だ

毎朝の目玉焼きに　友らの情けふりかける
令和となったこの休み　息子はホテル予約して
無理をしないで　のんびりと南の海でも眺めろと

あらためて気付いた　私は幸せな財産家
友情　家族の愛情と　とほうもない財産を持っている

蒼くて深い美ら海よ　待っていて

沖縄

椰子の樹　棕櫚の樹　福木の樹　沖縄松の
翠の中　ちりばめられた深紅の　デイゴと
ハイビスカスの赤が　宝石のように美しい
病弱だった亡夫が彼処に棲みたいと言っていた
ハワイの景色　気候さながら

高層からは象牙色の砂浜に続き東シナ海
すべて美ら海　この美しい沖縄に
行きたくもあり行きたくもなし
来年は米寿のおばあ

孝行息子に連れられて令和に移る連休に
鉄道のないこの島の幹線ルート58を
レンタカーで走る

ひめゆり平和祈念資料館
私のような老人でなく若者に来て欲しい
若者達で埋め尽くされて欲しいと祈りつつ
献花をしてガマの前に心から祈らせて頂く
沖縄師範と沖縄第一高女の生徒達が
看護要員として配置された戦も終盤の
糸満市南風原の陸軍病院
横穴壕の粗末な二段ベッドに生死さまよう
負傷兵血と汗と傷口の饐えた臭の中で
乙女たちは懸命に看護に尽くす
おばあの怒り癖が又出る

東日本大震災の後大川小学校でも怒りに震えた

米軍が間近に迫った敗戦色濃い
一九四五年六月十八日すでに崩壊していた
日本軍は自決か解散かの選択しかなく
解散命令が出され生徒達は
米軍の包囲する戦場に放り出された
その後の数日間で百余名のひめゆり学徒が死亡した
満州でも北方でも日本軍は弱い人々を
土壇場で放り出す

肉親を想い北に向かいひたすら
死の彷徨をしたであろう

わたくしも大分第一高女の学徒として

十三歳の一年生は農村廻り勤労奉仕隊に
組み込まれいろいろの経験をした
炎天下の線路際に蛸壺壕を掘り
芋植え　麦刈り　田植も上手になった
飛行機を山に隠す滑走路の工事も

空襲警報で通学列車から降ろされた
身を隠す場所を探す　麦畑の中
グラマンの急降下に　死の恐怖

行って見てしまった
美ら海　沖縄

令和元年六月

やらかしてしまった

参考にも当てにもしないが
趣味で年末には星占いを買う
今（令和二年）休養の年です
忙しかったあなた　ゆっくりしましょう
前にも或る人に言われた
忙という字は人をほろぼすと

生来のおっちょこちょい
十を聞かず走り出す
やらかしてしまった!!

国民文化祭新潟連句の部
親しい友が栄えある大賞に耀いた
私の属する「浜風」からも市長賞に
壇上に胸に花を付けた二人が並ぶ
ガラケー携帯はよく写らない　前方へ
いつものペタンコではない余所行きの靴
ビニールの靴カバー　感覚は遠い
すってんころりと身体を捻って転んだ

ここは娘たちの達の家近く横浜の病院
「脊柱圧迫骨折」と診断
病院のベッド仰向きに寝かされ
一ヵ月余　なすすべも無く　動けば痛い
頭だけはやけに冴え渡る

昨日またかくてありけり
今日も又かくてありなむ
この命は何をあくせく……

藤村の古い詩が真夜の独房の
眠れぬ闇をかけめぐる
休養期が二ヵ月の前倒しと
右脳左脳に言い聞かせるが
此奴はなかなかの曲者
三週目にリハビリ病院へ転院
朝夕二回のリハビリ
リハビリ作業療法士のTさん
リハビリ医療療法士Mさんの
優しくて親切で強硬なリハビリ

迷惑をお掛けした新潟連句会
師　友人　知人　家族に
助けられて　おかげさまで
二ヵ月半の長い入院生活は
やっと終わる

詩をつくる　詩を詠う
今日やる事は明日にもやれる
感謝の心で慎重に

ぐうたら　ぐうたら
令和二年の新春のおまじない

笑う蜜柑

西伊豆に山を一山買った　父方の従姉妹
連れ合いと週末ごとに
ブルドーザーで開墾
山腹に終の棲家を建てた
帯状に流れる川岸の河津桜と
菜の花が一望の絶景

毎年へちゃむくれの蜜柑が届く
今年は金柑ももうひと箱
固くて不味そう　戦争を潜った昭和一桁

捨てるには心が疼く
と言う事で甘露煮が八瓶
退院後の身体は音を上げる
令和二年はのんびりする年のはず

ピンポンが鳴る　宅急便らしい
腰の痛みをかばいつつ立ち上がる
九州からの荷は亡父の妹
ザボンと鬼柚子　ザボンピールも柚練りも
もう限界　赤ん坊の頭ほどの鬼柚が睨む
かんべんして　もう笑うしかない

文学の師に頂いた卓上のヒヤシンスが
慰めるように甘い香りを放つ

恐慌

昭和七年（１９３２）私は生まれた
ニューヨークの株式大暴落
世界を大恐慌に巻きこんだ
暗黒の木曜日（１９２９）
五月二十三日で八十八の目出度い米寿
令和二年一月　世界を震撼させるような
事件が起きた
中国武漢に発した想定外の
新型ウイルスコロナ蔓延
不要不急の外出自粛

マスクの不足　医療品の不足
罹病して次々亡くなる老人　弱者

学校も趣味の集まりもレストランも
美術館もデパートもみんな閉じた
こころ貧しくなった世間には
誹謗中傷が流行り　自粛警察と
呼ばれる心無い人も出てきたが
なべてこの国の民は　穏やか
コロナの最前線で日も夜も休めない
医師・看護士の過労が切ない

高血圧の持病　脊椎骨折で退院したばかり
しかも暗黒の木曜日を背負った私
いよいよこの美しい山河ともお別れかと

庭の繍線菊が例年になく咲き誇る
赤い孔雀サボテンの大輪が
艶姿を夕から膨らませては
一夜花　一夜花　で次々と萎れる
放り投げていたシクラメンの鉢が
三鉢とも花を持ち上げる
何かの　前兆

ひそかに流行り始めた
アマビエなる妖怪　軒にぶら下げようか

何処へも出掛けられぬ人生最大の暇
毎朝一時間は　切らさぬ水遣り　肥料もたっぷり
手を掛ければ決して植物は裏切らない

こころ弱い人間
不屈の自然

まなざしの深さ　確かさ

別所真紀子

『春ん月』

なんと楽しく愛らしい言葉。

まるで満月のようにまるまるとした春のみどり児が、ころころ生れ出たような。

桜も盛りの四月十日に村の守り神が、ひととき短い旅をされて村びとたちがお神楽を奉納してもてなす。酒や重詰め、弁当を提げて。

それはこの国の原風景である。祭りが終ったあとに「ほいと」の親子が住み着く。疎外せずに受け容れるゆとりある村落共同体。

この「春ん月」を巻頭に置く本書は、加藤道子さんが八十八歳にして初めて上梓された第一詩集である。

加藤さんは昭和七年（一九三二）大分県庄内町小野屋（現大分県由布市庄内町小野屋）の生れ、現在は神奈川県逗子市にお住まいで、詩集の第一章は故郷小野屋の風物、行事、忘れ難いひとびとを、第二章では現住地の逗子を、そして第三章では、夫君亡きあとの加藤さんの生の在りようが、はつらつといきいきと描かれている。

加藤さんの昭和七年から平成を経て令和二年に至る年月は、バナールな表現でいえば「激動の時代」であった。この詩集は、つつましやかな自分史と見えて背後にその激動の時代が暗示されており、個の感懐がおのずから普遍性を持つ。加藤さんのものの見かた、まなざしの確かさが深く読者の心に響いてくる。

その資質を育くんだ小野屋という町。

十七夜観音祭り
町一番の頑固者と評判の父
遠くなった耳でアナウンサーの質問に
とんちんかんな聞き違え
緊張の庄内弁でとつとつ
「十七夜観音祭り」を語る
小野正一ラジオ放送テープ

「小野屋という優しい町を通り

天神山の木賃宿に泊まる
をなご屋のをなごさんが
托鉢に一銭銅貨を入れて呉れた」
と、山頭火さんは書きました
（以下省略）

町を代表して祭りの由来をラジオ放送する父君。種田山頭火『行乞記』にあるこの一節は、小野屋の駅前の碑に刻まれているという。
見知らぬ者にもなんとなつかしい町の情緒であろうか。そして次の「七夕まつり」でも、

七夕まつり　（一、二、三連省略）

笹竹を立てて七夕飾りを吊るす
お隣さんもお向かいさんも
金物屋の照ちゃんの家は　釘樽の釘を包む
赤いセロハンで今年もきっと豪華な飾り網

箱庭の箱に新しい砂　苔を敷いて山と川

ミニチュアの家を並べ橋には釣り人も
ジオラマの街が出来あがる

七月七日の宵　笹飾りのアーチが揺れ
軒下の箱庭には線香と蠟燭が灯る
浴衣の長い袂を翻して　さあ
手作りの七夕まつり見物へ

軍靴の音がザックザックと
近づいて来るのを　少女はまだ知らない

いまはセピア色の昭和

「釘樽の釘を包む赤いセロハン」をフォーカスとして、ひとつの町と時代と人びとの全容がまざまざと眼前する。七夕まつりに箱庭を作る風習は私にも詩友にも初耳であった。そのならわしは今も在るだろうか。加藤さんの八十年前の記憶の、まなざしの確かさに驚かされる。このなつかしい町に読者は誘いこまれるのである。

「衣川幻想」は母方の祖の来歴、「父の憧れ　矢田宏」では、私にとって（たぶん他のひとたちにも）歴史上の記録に過ぎなかった西南戦争が、史書を読むよりも身近にあざやかに感じられた。そうして、章の最後の「墓仕舞」では、この章の九篇をどうしても書き遺したかった作者の心情が、説明されていないためにいっそう惻々と胸を打つのである。

加藤道子さんと知り合ったのは俳諧連句の連衆としてである。私は俳諧連句研究のグループで水先案内人として小冊子『解纜』を発行している。その冊子編集人渡辺柚さんの紹介によって加藤さんと相い知ったのだった。が、それ以前に俳号を「亀女」とあるのを『連句年鑑』などで見て、どんな方かしら、と関心を抱いていたのである。少し余談になるが、俳号は気取りで付けるものではなく、俗世における様々な役割をすべて捨てて、一個の単独な自由人として在るためのものである。江戸期では大名も学者も名刹寺院の上人も商人も百姓も、号だけで参加している。御三家の田安宗武も俳諧、狂歌では只の宗武と記録されているのだ。

現代では本名のままの人も多いが、好みの俳号を、殊に女性は字面の美しい号を選ばれる。「亀女」という号は女性には珍しく俳諧的な命名と思い、その人に関心を抱いていたのだった。その号の由来は、「わが町小坪」の詩篇にあるように現住地の地名に拠るもので、実際にお会いした加藤さんは、その地に祀られていたという源頼朝の愛人、「亀の前」

はこういうかたであったろうか、と思われる小柄で愛らしい人であった。

湘南というと思い描かれる定番のイメージと違って、加藤さんの視点はその歴史に向っている。「ちゃっきらこ」であり、鏡花の描く「春昼」であり、遊行寺の「踊り念佛」であり、最後の平家公達「六代御前」である。私にとって（たぶん読者にとっても）意表外の、故事であるがためにむしろ新鮮な湘南を知らされることになった。「六代御前」に書かれている田越川、御最後川と称されるそこを案内して頂いたことがあるが、町中を細々と流れる小川であって遠い史実なぞ想像もできない平凡な景色だった。加藤さんのまなざしの深さを改めて思ったものである。

加藤さんから詩を書きたい、と言われたときには正直に言って吃驚したし、一抹の不安もなかった、と言えば嘘になる。

平成二十八年のこと、加藤さんはすでに傘寿を越えていらした。私はそれまで「風の会」（事務局、川越厚子さん）という小さな詩の会で、何とも座りの悪い助言者なる立場だったのだが、加藤さんは渡辺柚さんと共に入会、早速詩稿が送られて来たのだった。それが巻頭の「春ん月」（原題庄内神楽）で、私は良い意味でまた吃驚したことであった。爾後、堰き止めていたものが溢れ出すように加藤さんは書き続けられた、わずか五年足らずの内にこのような一冊の詩集が生れることになったのである。嬉しい。

加藤さんの俳諧連句歴は長く、『浜風』というグループを主宰してもいらしたので、諧謔味、ユーモア、表現の即物性を体得していられ、第三章にはその特性が躍如として表われている。

紫陽花忌
紫陽花忌って
菜の花忌にならって　勝手に作った
わたしの　紫陽花忌

すてこの物干竿にない不思議
ホタルブクロを覗いても誰も居ない寂しさ
寡黙で不器用なじれったい男
寡黙の底に秘めたあたたかさを
理解出来たのはあのひとが逝ってから
（以下省略）

「すてこの物干竿にない不思議」という一行に万感の想いが籠められていよう。その人のひととなりや時代が一瞬に見えてくる。そして「ホタルブクロを覗いても誰も居ない寂しさ」の美しい哀悼。以下の連に表われる諧謔のたのしさ。感傷を排した湿度の少ない追悼詩である。

読みたい本を探してくれ、中国へ十回も行かせてくれた夫君と、ドレスメーカーの腕は店へ出品するほどの腕前、梅干も甘露煮もジャムも上手なまめやかな加藤さんとは、琴瑟相和した歳月であったに違いないが、「カストルとボルックス」「六月の雨」では戦時下の少年少女の淡い初恋と六十年後が描かれている。亡き夫君もゆるされるであろう微笑ましくかすかな哀傷を伴った初恋。この上言葉を費やすより、詩集を手にされた方はまず通読して頂きたい。きっと加藤さんの生の軌跡をわが事のようにあじわい楽しまれると思う。繰返しになるが、この一冊は八十歳過ぎて初めて詩作されたひとの詩集である。詩作は若い人のものというイメージがあるけれど、学生時代にも全く詩は書いていなかった人の米寿の作品集。読者に勇気をもたらす一冊であると私は思っている。

加藤さんはこの一冊だけ、と考えていられるようであるが、人生百年の時代、まだ汲みあげきっていない泉が加藤さんには在って、私はひそかに二冊めの詩集を期待しているのである。

令和二年文月　星合の日に

あとがき

昭和、平成、令和と生きて、本年八十八歳の米寿を迎え、そろそろ着地を考えるべき時期となりました。

平成十七年六月夫がみまかったのち、詩吟、俳句連句に遊んで余暇を楽しく穏やかに過してまいりました。八十歳を越えたある日に盟友渡辺柚さんのお引き合わせで別所真紀子先生を知り、詩の会「風の会」に入りました。

別所先生との巡り合いがなければ、詩をかくことなど思いもよらず、ここに拙いながら一冊の詩集を上梓することもなかったでしょう。別所先生は詩人、作家、江戸期女性俳諧研究者として数々のご著書があり、『江戸おんな歳時記』では読売文学賞を受賞されています。詩の会でのご指導の上、このたびは私の身に余る跋文を頂戴いたしました。心より感謝しております。

長年の連衆であり、諸事万端行き届く上に事務能力抜群の畏友渡辺柚さんには、版下作製から出版マネジメントまですべてお世話になりました。厚く御礼申しあげます。

出版に当っては別所先生のご紹介で、深夜叢書社の齋藤愼爾氏にお引き受け頂き、同社の髙林昭太氏にも装丁をお願いしてここに私の初めての詩集が出来ましたこと、嬉しくありがたく感謝しております。

浅学の私、すべての方が師です。そしてふるさと大分の庄内町小野屋、学生時代を過ごした大分市、今住んでいる逗子小坪亀ヶ丘。なつかしい土地、優しいひとびとと恵まれて幸せな八十八年でした。

加藤道子

令和二年七月佳日

●著者略歴

加藤道子　かとう・みちこ
（俳号　亀女）
昭和七年（一九三二年）生れ
旧大分一高（現上野丘高校）三期
俳諧の会「浜風」創始

現住所
〒二四九―〇〇〇八
神奈川県逗子市小坪二丁目十二番地二十四号

春ん月

二〇二〇年十一月十一日　発行

著　者　加藤道子
発行者　齋藤愼爾
発行所　深夜叢書社
〒一三四―〇〇八七
東京都江戸川区清新町一―一―三四―六〇一
info@shinyasosho.com

印刷・製本　株式会社東京印書館

ISBN978-4-88032-463-0 C0092